3
2
0
1
1
Poc

C.R.S = DÉTRESSE

PAR Achdé

LA SEMAINE DES 40 HEURTS !

DARGAUD

PARIS • BARCELONE • BRUXELLES • LAUSANNE • LONDRES • MONTREAL • NEW YORK • STUTTGART

www.dargaud.com

« Loi n°49-956 du 16 juillet 1949 sur les publications destinées à la jeunesse ».
Dépôt légal : septembre 2004 · ISBN : 2-205-04471-0
Printed in France by ***Partenaires-Livres®* / J.L**

VICE DE FORME

BOUCLIER HUMAIN

RÉSISTANCE PASSIVE

GROAR!
GRRRRR!
ARF!
TUE! TUE!
HOU!!
GRRR!
ARF!
GNIAP!
OUAF!
GRRRR!
PFF! CES HOOLIGANS
ARF!
TRIIIIIIIIIIIT
CHEESE
JIBS
LE DENTIFR... QUI DONNE LE SOURIRE!!
GOB
NIOU
ADIDONC
POC
OUCH!
UN BOULON??
MAIS D'OÙ LES SORTENT-ILS? ON LES AVAIT POURTANT TOUS BIEN FOUILLÉS À L'ENTRÉE?!
BRÔÔÔOMBROM
BROLOMBRO
?!
?!
CHERCHE PLUS; ILS ONT DÉMONTÉ LEUR TRIBUNE!!
!

LA CASE DE L'ONCLE ATOME

DOUCEMENT LOUIS, DOOUCEMENT ...
VVRRRRRRRRRR!
ALORS, ON S'EST DÉCIDÉ À QUITTER LA VILLE ?
OH QUE OUI!!
... LES EMBOUTEILLAGES, LES ENNUIS DE PARKING, LE STRESS ... À LA FIN, C'ÉTAIT TROP POUR MOI ...
IL Y A ENCORE BEAUCOUP À EMBARQUER ?
NON: LE BUFFET ET QUELQUES CHAISES ...
ÇA VA VOUS CHANGER DE QUITTER LE CENTRE VILLE POUR LA BANLIEUE...
AH ÇA!
VOUS VERREZ, C'EST UN COIN CHARMANT AVEC DES ARBRES, DES FLEURS ET TOUT ET TOUT...
MAIS ÇA NE VOUS POSERA PAS TROP DE PROBLÈMES POUR VOTRE TRAVAIL ?
PAS DU TOUT: JE SUIS À MOINS DE CENT MÈTRES D'UNE STATION DE R.E.R

TOUT Y EST PATRON, ON PEUT Y ALLER !!
O.K, ON Y VA !!
VOUS ROULEREZ DEVANT POUR NOUS INDIQUER LA ROUTE QUI MÈNE À VOTRE PETIT COIN DE PARADIS ...
HA ! HA ! HA ! COMPTEZ SUR MOI !!
Z'ÊTES SYMPA ! VOUS FAITES QUOI DANS LA VIE ??
C.R.S
C.R.S ?!
MAIS OUI, TU SAIS BIEN, UN MEC PAYÉ POUR TE TAPER DESSUS DÈS QUE T'AS LE MALHEUR DE DESCENDRE DANS LA RUE POUR REVEN-DIQUER QUELQUE CHOSE !
ÇA EXISTE ÇA ?!
LA PREUVE : T'EN AS UN DEVANT TOI !
LUI !
GULP !
TOI ET TA GRANDE BOUCHE !!

Achdé 95

L'EUROPE DES COUPS

SALLE 328
BLABL
BLABLA
BLA BLA
BLABLA
MESSIEURS, JE SERAI BREF : TOUS LES RAPPORTS CONCORDENT; LA PRODUCTION D'ACIER EN FRANCE EST ENCORE BEAUCOUP TROP ÉLEVÉE. IL FAUDRA DONC LA RÉDUIRE DE MOITIÉ!!
C'EST ÇA ! RÉDUISONS ...
OUI, OUI RÉDUISONS !
TCHAKTCHAKTCHAKTCHACK !
BRRÔÔÔÔÔÔÔÔÔOMM
L'Acier C'est Béton !
DRING! DRING! DRING!
ALLO ? ... OUI ... LES TECHNOCRATES DE BRUXELLES ? ... OUI ... QU'EST-CE QU'ILS ONT ENCORE DÉCIDÉ CES @*#!! ? ...
QUOI ?! 50 % MAIS ILS SONT COMPLÈTEMENT FOUS !!
COMMENT ÇA, IL N'Y A PAS À DISCUTER !
AH ?
BON ...
À PARTIR DE CETTE SECONDE, RÉDUCTION DES EFFECTIFS DE 50 % !!
HEIN ?! MAIS ...
Y A PAS À DISCUTER !!
ET LES SYNDICATS ?!
LES SYNDICATS ?! PROOÛÛT ! LES SYNDICATS !! S'ILS NE SONT PAS D'ACCORD, C'EST TOUT LE MONDE QUE JE VIRE !!!
TCHAKTCHAKTCHAKTCHAKTCHAKTCHAK !
BRRRÔÔÔÔÔÔÔÔÔÔÔÔOMMM !

DE COMBIEN?!
50%
ILS SONT MALADES OU QUOI?!
CPT
LE SYNDICAT C'est d'enfer!
...ET Y A PAS À DISCUTER?!
TIENS DONC! C'EST CE QU'ON VA VOIR!!
GRMBLL!
AVERTISSEZ TOUS LES TRAVAILLEURS ET LES TRAVAILLEUSES!! ON STOPPE LES MACHINES ET ON DESCEND DANS LA RUE!!
MAINTENANT?
TOUT DE SUITE!!
MAURIIICE! IL FAUT QUE TU RETOURNES À L'USINE! IL PARAIT QUE C'EST URGENT!
?
BRRÔÔÔÔÔÔÔÔOMM
UNE MANIFESTATION?? AUJOURD'HUI? OÙ ÇA? MAIS CE N'ÉTAIT PAS PRÉVU!
OUI MONSIEUR LE PRÉFET...
BIEN MONSIEUR LE PRÉFET!
LES CRS C'est la Pêche!
RASSEMBLEMENT DE TOUS LES EFFECTIFS DANS L'HEURE QUI SUIT! EXÉCUTION!!
TOUS?
TOUS!! ET QUE ÇA SAUTE!!
EUGÈÈÈNE!
?
BRRÔÔÔÔÔÔÔÔÔM!
ET C'EST AINSI QUE...
C'EST
Achdé

?
?
BONK!
BAF!
BREF, LE LENDEMAIN...
YOUKAÏDI! YOUKAÏDA!
BLONK
SCROUIIIK
KLONK!
BALANG!
CLANG!
KAPUT!
TILT!
PSCHIIIII!
SBEUF!
CLIC!
CLAC!
J'AIMERAIS CONNAÎTRE L'IMBÉCILE QUI S'EST AMUSÉ À SEMER DES BOULONS DANS MON GAZON ?!!
ET MOI L'ABRUTI QUI A GLISSÉ DES FILS DE FER DANS MA HAIE!!!
PSCHIIII!
CET HOMME, NI MONSIEUR LACRUMO, NI MONSIEUR VERSATIL NE LE CONNAISSENT...
...ET POURTANT, IL A CHANGÉ LEUR VIE!!
À LA MAISON GASTON
BIEN MONSIEUR
TON FUSIL DE CHASSE?! POURQUOI FAIRE?!
CHÉRI PERMETS-MOI DE TE RAPPELER QU'IL T'EST INTERDIT D'UTILISER TON LANCE-GRENADE EN DEHORS DU SERVICE!!

TRAIN D'ENFER…

ET REBELOTE!
GRMBLL!
À CE RYTHME-LÀ, ON N'A PAS ENCORE FINI!!
OUAF!
BLAF!
ZOU!
TATATA! T'EN FAIS PAS MON P'TIT GILBERT IL Y A TOUJOURS UNE SOLUTION À TOUT...
PROTCHFL!
CHOUF!
CHOUF!
?
DODO!
PAF!
GABUZO!!
AU SUIVANT!
NON
NUCLÉAIRE GO HOME
20 MINUTES + TARD...
LES VOIES SONT LIBRES CHEF!
PARFAIT! ALLEZ AIDER LES AUTRES À LIBÉRER LES ANDOUILLES QUI SE SONT ENCHAÎNÉS AUX WAGONS...
IL Y A DES PINCES COUPANTES DANS LE BUS
NON

'GAFFE AUX DOIGTS!
NON
FACILE!
CLAC!
UMPF!
CLAC!
UMPF!
CLAC!
UMPF!
C'EST DÉGUEULASSE CE QUE VOUS FAITES!!
MAIS OUI, MAIS OUI
?
SAVEZ-VOUS AU MOINS CE QUE TRANSPORTENT CES WAGONS?!
NON MAIS JE SENS QU'ON VA PAS TARDER À LE SAVOIR...
... DES DÉCHETS RADIOACTIFS!!
AAAH? GULP!
UNE FOIS ARRIVÉS AU PORT, ILS SERONT EMBARQUÉS SUR UN NAVIRE...
... QUI S'ÉLOIGNERA QUELQUE PART AU LARGE...
... OÙ À L'ABRI DES REGARDS INDISCRETS, ON LES FICHERA PAR-DESSUS LE BORD, NI VU, NI CONNU...
281 282 ...
PLOTCH!
BONJOUR LA POLLUTION!
AAAH? MAIS...
EHBÉ!!
160

... VOUS VERREZ ALORS DE GRANDS CÉTACÉS VENIR S'ÉCHOUER SUR NOS PLAGES POUR Y MOURIR D'UNE LENTE AGONIE ...
ADIEU MONDE CRUEL!
... TOUS LES POISSONS SERONT ATTEINTS PAR LA RADIO-ACTIVITÉ À DES DEGRÉS DIFFÉRENTS ...
... ET MALHEUR À CEUX QUI LES DÉGUSTERONT, CAR S'ILS SURVIVENT ...
IL A UN DRÔLE DE GOÛT TON GIGOT DE MOUTON, CHÉRIE ...
... ILS DONNERONT NAISSANCE À DES GÉNÉRATIONS DE MONSTRES PUSTULEUX À CINQ PATTES AVEC UNE VILAINE QUEUE PLEINE DE POILS ...
POPÂÂ!
Bébé
... ET C'EST VRAIMENT CE QUE VOUS VOULEZ HEIN ?! C'EST VRAIMENT CELA QUE VOUS ESPÉREZ ?!
BEN ...
EUH ...
ENFIN ...
C'EST-À-DIRE ...
C'EST VRAI CE QU'IL A DIT ?
AVEC LA QUEUE PLEINE DE POILS ?! JE TROUVE QU'IL EXAGÈRE
PARDI!
QU'EST-CE QUE VOUS TRANSPORTEZ DANS VOS WAGONS, IMBÉCILES!!
EUH ... BEN DES DÉCHETS RADIOACTIFS ...
TÉ!
?
ON A FAILLI EN FAIRE UNE BELLE, HEIN EUGÈNE ?!
TU L'AS DIT BOUT FILTRE!
LE TRAIN ATOMIQUE NE PASSERA PAS!
NON À LA CASSE DE L'ONCLE ATOME
NON AUX DÉCHETS NUCLÉAIRES!
LE TRAIN NE SIFFLERA
161
fin

MESDAMES, MESSIEURS, CHERS TÉLÉSPECTATEURS, NOUS PÉNÉTRONS EN DIRECT À L'INTÉRIEUR DE L'HÔPITAL "BELLEROMBIÈRE" ENVAHI MOMENTANÉMENT PAR UN COMMANDO ANTI-I.V.G * ...
BZZZZ!!!
RÉCEPTION
HALTE À LA MORT PROGRAMMÉE
NON À L'I.V.G.
* INTERRUPTION VOLONTAIRE DE GROSSESSE
COMME VOUS POUVEZ LE CONSTATER ...
ZOOM! ZOOM!
CHACUN DE SES MEMBRES ...
BIP!
BLOC OPÉRATOIRE 1
NON À L'IVG
...OCCUPE UN POSTE CLÉ DU BÂTIMENT...
BLOC OPÉRATOIRE 2
... INTERDISANT AUX PRATICIENS DE PRATIQUER TOUTE INTERVENTION ...
TOILETTES
EUH ...
ON NE PASSE PAS!
FRAGILE
MAIS VOILÀ QU'ON ME SIGNALE L'ARRIVÉE DES FORCES DE L'ORDRE
DÈS À PRÉSENT, L'AFFRONTEMENT SEMBLE INÉVITABLE, AFFRONTEMENT QUI AURA NATURELLEMENT POUR BUT D'INVESTIR CET HÔPITAL POUR EN CHASSER LES INTRUS ...
162

MAIS QUE VOIS-JE? TOUS LES C.R.S ONT CHAUSSÉ DES PANTOUFLES...
RÉCEPTION
NON À L'I.V.G
HALTE À LA MORT PROGRAMMÉE
... ET ENTOURÉ LEUR MATRAQUE D'UN ÉPAIS BAS DE LAINE...
GABUZO!
... POUR NE PAS DÉRANGER LES MALADES SANS AUCUN DOUTE: CHARMANTE ATTENTION DES C.R.S!
ZOOOOOM!
GLEBLE GLEBLE GLE?
DIEU VOUS PUNIRA!!
VOUS N'AVEZ PAS LE DROIT DE VOUS METTRE DU CÔTÉ DES ASSASSINS!!!
ON NE PAS PAS!
LAISSEZ-NOUS AGIR!!
SOYEZ DE NOTRE CÔTÉ!
BLOC
AIDEZ-NOUS!
SAVEZ-VOUS QUE SI VOTRE MÈRE AVAIT AVORTÉ, VOUS NE SERIEZ PAS DE CE MONDE!!
NOTEZ QU'EN CE QUI VOUS CONCERNE, J'EN VIENS À LE REGRETTER!!
MUTINEZ-VOUS MÉCRÉANTS!!
VOUS N'AVEZ PAS À OBÉIR À DES ORDRES IMMORAUX S'OPPOSANT AUX LOIS DIVINES!!!@$#!
SUPPÔTS DE SATAN!
163

MAIS QU'AVEZ-VOUS À LA PLACE DU COEUR? UN VASE DE CHINE ?!
VOUS N'AVEZ PAS D'ENFANTS C'EST ÇA ?!
VOILA, DÉJÀ L'HÔPITAL SE VIDE AU PROFIT DU FOURGON CELLULAIRE!
POLICE
... QUI DISPARAÎT AUSSITÔT LORSQUE À LEUR TOUR, LES REPRÉSENTANTS DES FORCES DE L'ORDRE S'APPRÊTENT À QUITTER LES LIEUX...
POLICE
CE QUI EST INCROYABLE, C'EST QUE PARMI EUX CERTAINS DOIVENT SANS DOUTE PENSER COMME LES CONTESTATAIRES...
POURTANT NUL N'A FAILLI! CHACUN A FAIT SON DEVOIR ET, QUOI QU'IL EN SOIT, N'A RIEN LAISSÉ PARAÎTRE...
BZZZ
... AUCUN MUSCLE NE S'EST CONTRACTÉ UNE SEULE SECONDE SUR LEUR VISAGE ÉMACIÉ DE GUERRIER DU PAVÉ!!
RRRRRR!
AUCUNE ÉMOTION NI LUEUR DE PASSION N'EST APPARUE DANS LEURS YEUX FATIGUÉS...
REZOOOOOOM!
ON PEUT SE DEMANDER COMMENT ILS PARVIENNENT À EXERCER LEUR MISSION TOUT EN RESTANT SOURDS À TOUS CES CRIS... CES SUPPLICATIONS...
VROUP!
VOTRE ATTENTION MESSIEURS: CHACUN REMET SES BOULES "QUIES" DANS SA BOÎTE!!
HEIN?
QUOI?
Achdé
164
fin

SEXE FAIBLE

...QUE VOUS SOYEZ DEVENUE PILOTE DE CHASSE, POURQUOI PAS, GARDE DU CORPS DE YASSER ARAFATH, À LA RIGUEUR...
PILOTE DE FORMULE 1 OU CASCADEUR, JE COMPRENDRAIS ENCORE ...
CHEZ LEON • PUNCHS COCKTAILS
MAIS C.R.S. ALORS ÇA MZELLE MANDALE, ÇA ME DÉPASSE ...
VOUS N'AVEZ TOUT DE MÊME PAS LA STATURE OU LA FORCE D'UN HOMME, QUE SE PASSERAIT-IL EN CAS DE COUP DUR? HEIN, DITES?!
EXEMPLE: SUPPOSONS QUE JE SOIS UN MANIFESTANT; PAR LE FAIT DU HASARD VOUS VOUS TROUVEZ SOUDAINEMENT ISOLÉE DE VOTRE GROUPE ...
...VOUS ÊTES SEULE, ADOSSÉE AU MUR, SANS MATRAQUE, SANS BOUCLIER...
?
JE VOUS FONCE DESSUS ET JE VOUS CEINTURE; QU'EST-CE QUE VOUS FAITES? HEIN?
BOUF!
CROUIIC!
BONK
D'AUTRES QUESTIONS?!
NON
QUI A DIT QU'UNE FEMME NE SAVAIT PAS SE SERVIR DE SA TÊTE?!

ÉTUDE PATAPHYSIQUE

TEST N°2 : ON ENLÈVE LA PANCARTE AU MANIFESTANT...
ZIP!
... IL A L'AIR À PRÉSENT D'UN SIMPLE CIVIL, ET POURTANT...
GRRR!
DZOÏNG!
... ILS SE TAPENT DESSUS!
TEST N°3 : ON ENLÈVE LA MATRAQUE ET LE CASQUE AU C.R.S ...
... IL A PRESQUE L'AIR D'UN SIMPLE AGENT DE POLICE. BEN...
GRRR!
DZOÏNG!
... ILS SE TAPENT DESSUS!
VOUS VOUS ÊTES ALORS DEMANDÉ S'IL NE S'AGISSAIT PAS BÊTEMENT D'UNE QUESTION DE VÊTEMENTS...
EXACT
... ON A DONC DÉSHABILLÉ LE MANIFESTANT, MAIS...
CRPRFCHR!
... ILS SE SONT TAPÉS DESSUS!
... D'UNIFORME ALORS ?!
NYERK! NYERK!
AH NON! AH NON!
AH SI!
ON A DÉSHABILLÉ LE C.R.S, ET...
GRRR!
DZOÏNG!
... ILS SE SONT TAPÉS DESSUS!
167

PEUT-ÊTRE ALORS, ÉTAIT-CE UNE QUESTION D'ODEUR... C'EST VRAI QUE LE MANIFESTANT SENTAIT UN PEU L'HUILE DE VIDANGE...
HEIN?!
HÉÉHO! ÇA VA PAS NON?!
... QUANT AU C.R.S, IL DÉGAGEAIT UN FORT PARFUM DE TRANSPIRATION...
HÉ! JE VOUDRAIS VOUS Y VOIR MOI AVEC CES TESTS À LA G
LACRYMO!
... DONC L'UN...
OUAH!
C'EST FROID!
... ET L'AUTRE FURENT DOUCHÉS!
TRÈS DRÔLE!
VLOUF!
MAIS REMIS FACE À FACE...
GRRBLUB!
GRRBLUB!
... ILS SE SONT TAPÉS DESSUS!
C'EST ALORS QUE VOUS AVEZ SOUDAIN COMPRIS! L'ODEUR, LA SITUATION OU LE COSTUME N'AVAIENT RIEN À VOIR LÀ-DEDANS...
TRÈS JUSTE...
... C'ÉTAIT L'HOMME ET SA VANITÉ QUI ÉTAIENT EN CAUSE! IL NE SUPPORTAIT PAS LE FACE À FACE ET POUR LE PROUVER...
VOUS PRÎTES UN ARCHEVÊQUE ORTHODOXE ET UN MINEUR DE FOND CLAUSTROPHOBE, AU HASARD...
VOUS REFUSEZ DE ME CÉDER LE PASSAGE?!
LE RÉSULTAT FUT CONCLUANT...
GRRRR!
ET POURQUOI QUE CE SERAIT À MOI DE CÉDER LE PASSAGE?!
ILS SE TAPÈRENT DESSUS!!!
168

DONC, LORS DE LA PRÉSENTE MANIFESTATION, VOUS AVEZ EU LA LUMINEUSE IDÉE D'ÉVITER LE FACE À FACE, ET VOUS AVEZ MIS LES C.R.S DERRIÈRE LES MANIFESTANTS
DE FAIT : PLUS D'INSULTES, PLUS DE COUPS, PLUS D'HORIONS* !!
RAS LA PATATE
ON EST DANS LES CHOUX
ON N'A PLUS LA PÊCHE
ON N'EST PAS DES POIRES !
* VOYEZ LE DICTIONNAIRE
RÉSULTAT : N'AYANT PERSONNE POUR LEUR BARRER LA ROUTE, LES PAYSANS ONT ENVAHI MON MINISTÈRE, ET LES C.R.S SONT RESTÉS DEHORS !!
MMM...
C'EST NORMAL, ON LES PAYE SOUVENT POUR SURVEILLER LES ABORDS DES BÂTIMENTS OFFICIELS, JAMAIS POUR Y ENTRER !! HEIN ?!
MAIS LES ÉMEUTIERS SONT LÀ !! ET QU'EST-CE QUE JE FAIS MOI ?!
ÉVITEZ LE FACE À FACE ! TOURNEZ-LEUR LE DOS !!
SLURP!
?!
BOTTE!
OUAHH!!
QU'EST-CE QUI S'EST PASSÉ ?
À MON AVIS, IL VIENT DE SE FAIRE BOTTER L'ARRIÈRE TRAIN !!
ALORS ?!
BEN LES TESTS ONT DÉMONTRÉ QUE CE QUI ÉTAIT VALABLE ENTRE UN C.R.S ET UN MANIFESTANT NE L'ÉTAIT PAS NÉCESSAIREMENT ENTRE UN PAYSAN ET UN FONCTIONNAIRE DU MINISTÈRE DE L'AGRICULTURE !
ALORS, ON RECOMMENCE COMME AVANT ?!
OUI
YÉÉ !
VOULEZ-VOUS QUE JE VOUS DISE, J'AIME MIEUX ÇA !! HIPS !
Achdé 95
fin
(169)

CHARGEZ!
ROULROULROULROULROULROU
ROC!
ROULROUL ROUL!
BAOUF!
... PENDANT UNE CHARGE, C'EST UN GROS COKTAIL MOLOTOV...
AH?
ET IL A EXPLOSÉ JUSTE QUAND IL L'A ENJAMBÉ!!
EH BÉ!
C'EST SIMONE QUI VA ÊTRE CONTENTE ... SNIF!
SNIF!

C.Q.F.D

ALLEZ, ALLEZ ALLEZ !! *
VRAOUM
* GO! GO! GO!
DIS EUGÈNE, COMMENT ÇA MARCHE CE BIDULE ??
QU'EST-CE QUE J'EN SAIS MOI ??
ATTENDS, MONTRE VOIR...
UMPF!
NOOOOON!
BOUF!
C'EST TOUJOURS PAREIL; TEUH! TEUH! ON NOUS ENVOIE EN MISSION ÉQUIPÉS D'UN NOUVEAU LANCEUR DE GRENADES LACRYMOGÈNES ET ON NOUS DONNE MÊME PAS LE MODE D'EMPLOI !!
CE N'ÉTAIT PAS UNE RAISON POUR L'ESSAYER DANS LE FOURGON !
SNIF! SOB!
BEUH!
TEUH
POUET

SUSPENSE HITCHCOCKIEN

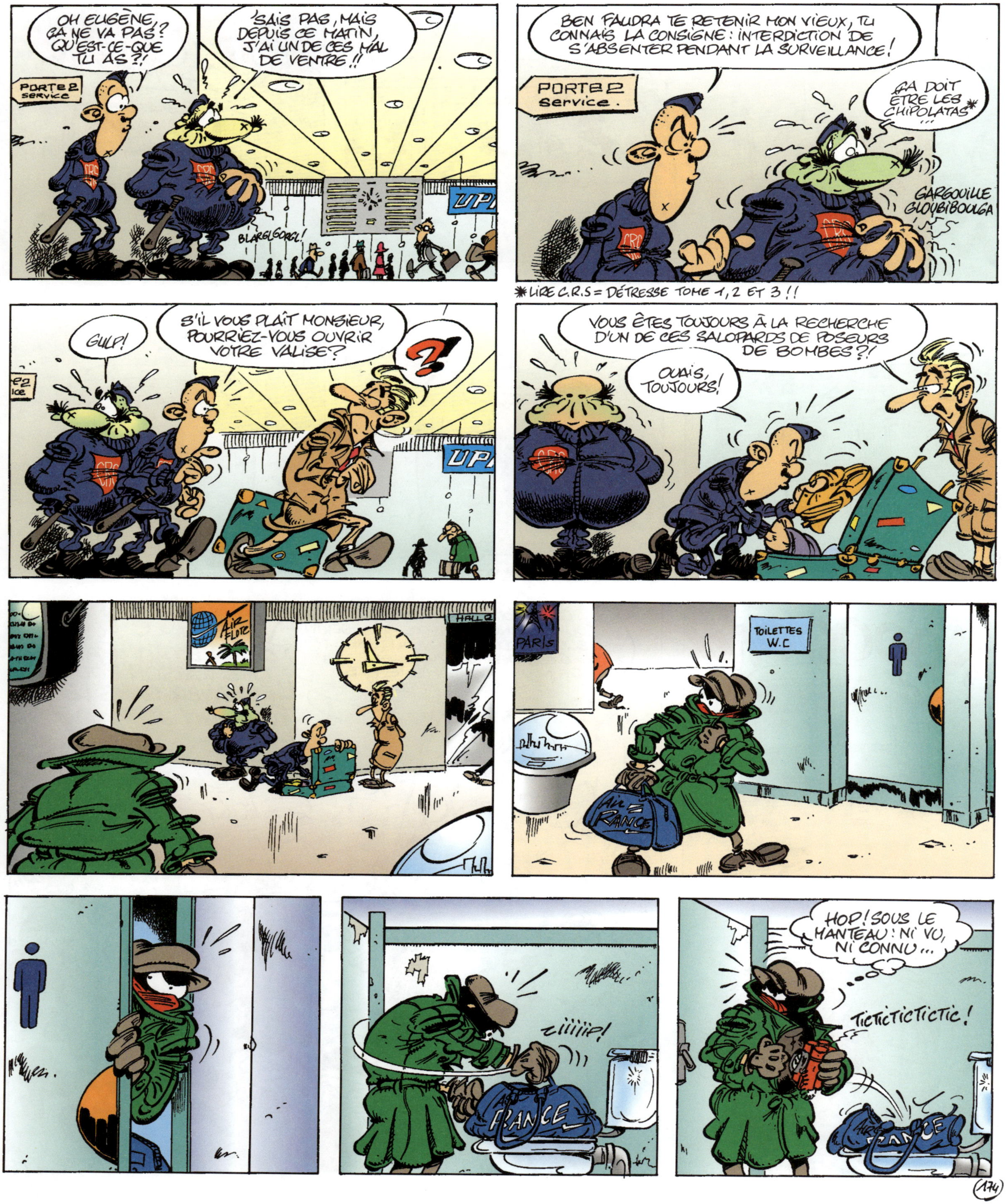

MONSIEUR, VOUDRIEZ-VOUS OUVRIR VOTRE SAC S'IL VOUS PLAÎT ?!
EUH... OUI, OUI
TIC TIC TIC!
TIC TIC TIC TIC TIC
TAP! TAP! TAP!
TIC TIC TIC TIC TIC TIC TIC TIC
GNIIIIII
DITES, C'EST QUOI CE BRUIT?
BEN, MA ... MA MONTRE!
TIC! TIC TIC TIC
EUGÈNE, TU DEVIENS DE PLUS EN PLUS PÂLE...
OUF!
TIC TIC TIC TIC TIC!
ÇA GARGOUILLE, ÇA GARGOUILLE, OUILLOUILLOUILLE!
T'EXAGÈRES PAS UN PEU?!
PORTE 2 Service
AÏE ! V'LÀ LE CHEF!
GNIIIIII!
HALL
EN ME BASANT SUR LE FAIT QU'ON NE FOUILLE JAMAIS 2 FOIS LA MÊME PERSONNE
ZIIIIIP!
A PRÉSENT, J'AI TOUTES LES CHANCES DE PASSER...
ZOO!

'JOUR CHEF
'PEUX PLUS!
EUH !!!
PORTE 2 Service
ZOU!
IL VA FALLOIR FAIRE VITE...
RANCE
CES IMBÉCILES M'ONT ASSEZ FAIT PERDRE DE TEMPS !!
VLAN!
!
VLAM!!
SCHLACK!
?!
TIC TIC TIC TIC TAC...
AIR RANCE
SCHLAK!
OUAAH
ZIII!
AIR RANCE
BAOUM
SI C'ÉTAIT À CE POINT-LÀ POURQUOI TU NE L'AS PAS DIT ?!!
ÉBÉ...
TOILE WC
Achdé
Jim '76

SONOMÈTRE À ZÉRO

ET C'EST LA BAVURE !!
CHTONK !
BAF !
VOILÀ POURQUOI J'AI CRÉÉ LE PARA-VANORIÉTHOL ! UNE 'TITE GOUTTE DANS CHAQUE OREILLE ET L'EFFET EST SAISISSANT !
IL PÉNÈTRE DANS LA CONQUE, S'ÉCOULE PAR LE CONDUIT AUDITIF, ÉVITE LE LOBULE ET LA POINTE DE LA MASTOÏDE, CONTOURNE L'APOPHYSE STYLOÏDE POUR S'INTRODUIRE DANS LA TROMPE D'EUSTACHE ET CE, SANS DÉTÉRIORER L'HÉLIX, L'ANTÉLIX OU LES CARTILAGES ! *
HO ?
PLOT !
* VRAIMENT N'IMPORTE QUOI !! NDA -
ÇA VA, ÇA VA, PASSEZ-MOI LES DÉTAILS BOMBACHE : PARLEZ-MOI PLUTÔT DES EFFETS !!
ÇA REND SOURD !
DES BOUCHONS POUR LES OREILLES, VERSION LIQUIDE, QUOI !!
SI VOUS VOULEZ...
ET SI ON PASSAIT À UNE DÉMONSTRATION ?!
MAIS QUAND VOUS VOUDREZ ...
MIAM !
LACRYMO ICI !!
AAH ?! JE CROIS QU'ON VOUS APPELLE
MAIS C'EST MON P'TIT LACRYMO ...
OOOH NON !!
QU'ON ME RAMÈNE UN MANIFESTANT
OUI CHEF !
186

QU... QU'EST-CE QUE C'EST ?!
NE CRAIGNEZ RIEN, IL S'AGIT D'UNE PETITE EXPÉRIENCE DE RIEN DU TOUT !
PEUH !
HiHiHi !
BAISSEZ-VOUS S'IL VOUS PLAÎT...
PLIC ! PLOC !
L'AUTRE À PRÉSENT ...
TAP ! TAP ! TAP !
LE MANIFESTANT ?
IL EST PRÊT CHEF ...
PLIC ! PLOC !
C'EST FAIT ?!
OUI, NOUS POUVONS Y ALLER
TAP ! TAP ! TAP !
VENEZ LACRUMO
HÉHÉ !
ÉVIDEMMENT ...
TAPÉ DU SALADIER !
187

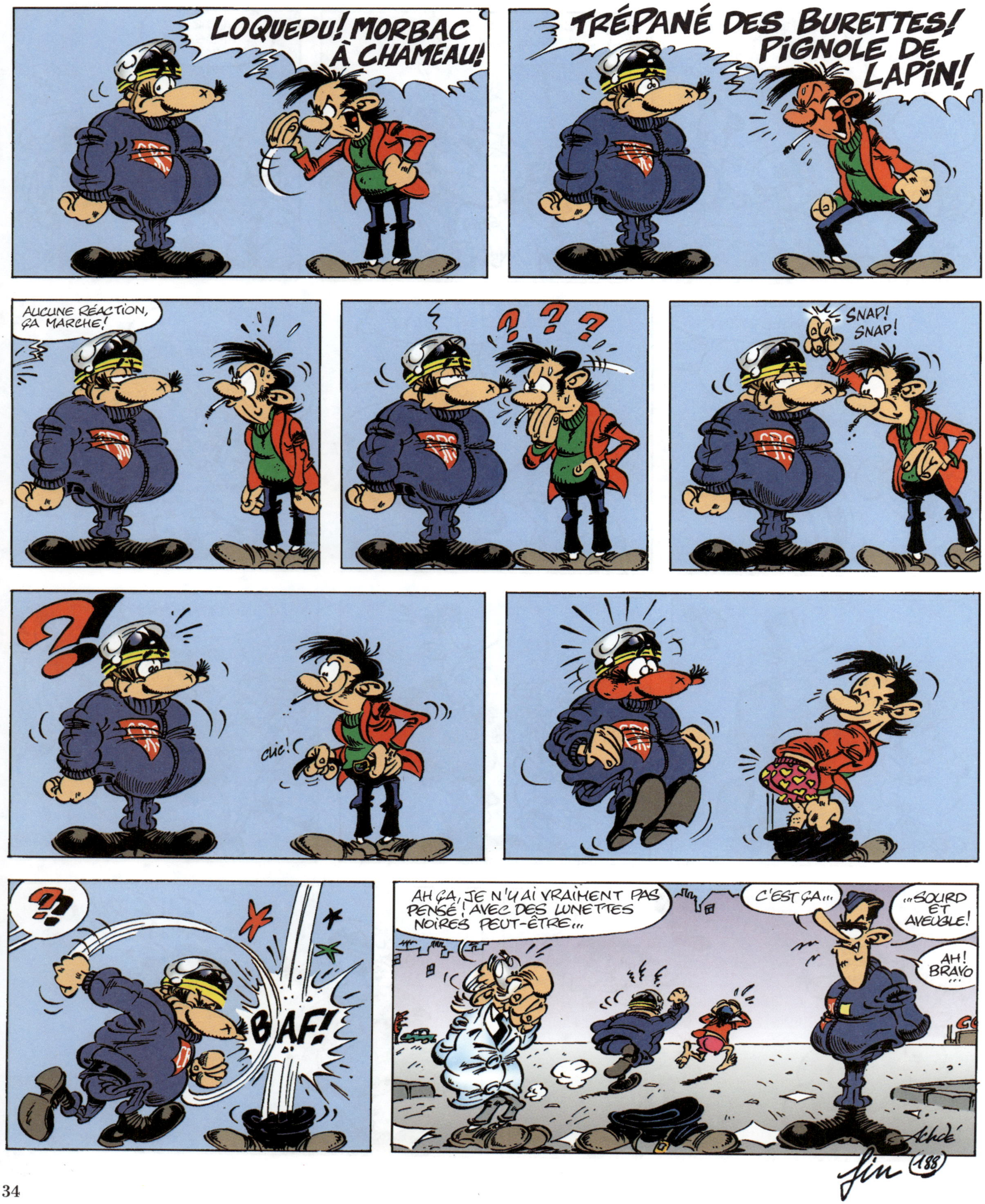
LOQUEDU! MORBAC À CHAMEAU!
TRÉPANÉ DES BURETTES! PIGNOLE DE LAPIN!
AUCUNE RÉACTION, ÇA MARCHE!
SNAP! SNAP!
CLIC!
BAF!
AH ÇA, JE N'Y AI VRAIMENT PAS PENSÉ! AVEC DES LUNETTES NOIRES PEUT-ÊTRE...
C'EST ÇA...
...SOURD ET AVEUGLE!
AH! BRAVO...
Achdé
fin (188)

ET LES JEUNES ?

VOUS LES AVEZ TOUS FOUILLÉS?
TOUS! CHEF!
VOUS LEUR AVEZ ENLEVÉ TOUS LEURS OBJETS POINTUS OU CONTENDANTS?
VOYEZ, TOUT EST LÀ CHEF!
ALLEZ L'ORL
...COUTEAUX, COUPS-DE-POING AMÉRICAINS, PIEDS DE BICHE, CLÉS À MOLETTE, MARTEAUX, BOULONS, POMPES À VÉLO...
SI C'EST PAS MALHEUREUX!
?
!
YAOU!
DIS, C'EST NOTRE ÉQUIPE QUI VIENT DE MARQUER, POURQUOI TU NE TE LÈVES PAS ??
J'PEUX PAS...
Achdé

HISTOIRE D'EAU

ÉVACUATION BOUCHÉE

L'I.V.G NE PASSERA PAS PAR MOI!
NON
HOOBA!
BOP!
BOP!
OÙ EN EST-ON?
ILS SONT TOUS DANS LE PANIER À SALADE CHEF!
POLICE
PARFAIT! ON PEUT Y ALLER
BIEN CHEF!
OOOUiiiiNNN!
POLICE
JE VOUDRAIS CONNAÎTRE L'IMBÉCILE QUI S'EST ENCORE TROMPÉ DE BLOC!!
OUiiiiNN!
fin
Achdé

PUZZLE

AH, ÇA Y EST! J'AI RETROUVÉ SON DENTIER...
... ET MOI, SON OEIL DE VERRE
C'EST QUOI ÇA?
UNE PROTHÈSE DE MAIN DROITE SANS DOUTE...
J'AI RETROUVÉ SA MAIN ARTIFICIELLE!
TOUT Y EST?!
JE... JE CROIS!
NON, JE VIENS DE MARCHER SUR SON PACE-MAKER!
ALORS ON Y VA?
HOPITAL
SI VOUS VOULEZ PATIENTER UN PEU LE TEMPS DE LE RECONSTITUER; APRÈS SEULEMENT VOUS POURREZ LE VOIR
VOYONS GRAND-PÈRE CESSEZ DE MANIFESTER AVEC LES AUTRES...
SURTOUT EN PREMIÈRE LIGNE
ÇA JAMAIS GALOPIN! J'AI FAIT 14-18, 39-45, L'INDOCHINE, L'ALGÉRIE, TOUJOURS EN PREMIÈRE LIGNE, C'EST PAS AUJOURD'HUI QUE JE VAIS ME PLANQUER!
Achdé

DES PÊCHES POUR DES NÈFLES

MARQUES DE FABRIQUE

GÉNÉRATION SPONTANÉE

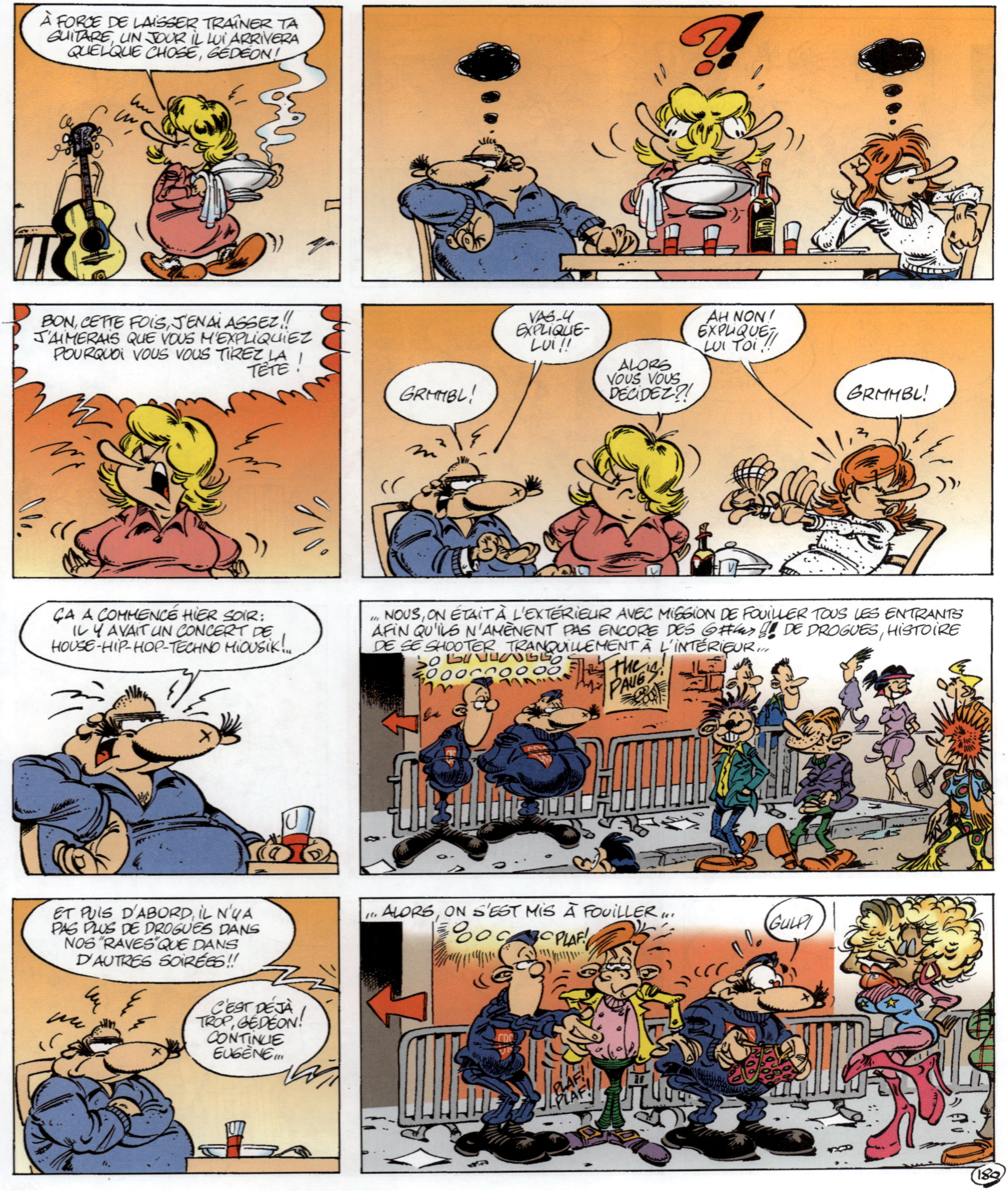

... ET À FOUILLER...
FLAP! FLAP!
SUIVANT!
... QUAND SOUDAIN...
SALUT P'PA!
GÉ... GÉDÉON! MAIS QU'EST-CE QUE TU FAIS ICI?!
BEN JE VIENS PARTICIPER À LA RAVE TIENS!!
QUELQUE CHOSE NE VA PAS?!
C'EST MON FILS CHEF!!
RAVE
THE PAUG'S
FILS OU PAS FILS, L'ORDRE EST DE FOUILLER TOUT LE MONDE!!
TU AS ENTENDU? DÉSOLÉ...
SAIS-TU COMMENT ON APPELLE UN PÈRE QUI PORTE AINSI LA MAIN SUR SON ENFANT?
NON?
UN INCESTE!
EH... OH... ÇA VA PAS!! IL S'AGIT JUSTE D'UNE PETITE FOUILLE!!
ON DIT ÇA!
PAPA...
ALORS?
JE... JE... J'PEUX PÔ CHEF!
RAVE
THE PAUG'S

181

ALORS FAITES-LE FOUILLER PAR UN AUTRE ...
BIEN... BIEN CHEF ...
JÉRÔME!
OUAIS?!
TU PEUX VENIR UNE SECONDE?!
PAPA... TU... TU NE VAS PAS ME JETER DANS LES BRAS D'UN PÉDOPHILE!!
HA! HA! HA! QUI? JÉRÔME, UN PÉDOPHILE?! IL Y A DIX ANS QU'ON SE CONNAÎT!!
ÇA VEUT RIEN DIRE!!
SI C'EN EST UN, IL NE VA PAS L'ÉCRIRE LÀ, SUR SON FRONT!!
BZIIIIIIII
EUGÈNE, TU NE VAS TOUT DE MÊME PAS CROIRE CE GAMIN?!
CE GAMIN EST LA CHAIR DE MA CHAIR!!
ENCORE QUELQUE CHOSE QUI NE VA PAS
CE FILS D'ANDOUILLE M'A ACCUSÉ DE PÉDOPHILIE, CHEF!!
L'A PAS DIT ÇA! IL VEUT PAS QUE TU LE TOUCHES, UN POINT C'EST TOUT!
the PAUG'S
MAIS IL A PEUT-ÊTRE RAISON APRÈS TOUT!
EUGÈNE TU VAS TROP LOIN ...
ÇA SUFFIT! JE VAIS LE FOUILLER MOI!!
PAPAA...

(182)

QUE... QU'EST-CE QUE ÇA VEUT DIRE LACRUMO ?!
EXCUSEZ-MOI CHEF, MAIS QUI ME DIT QUE VOUS N'EN N'ÊTES PAS UN ?!
VOUS ÊTES FOU ?!
J'AI LE DROIT D'AVOIR DES DOUTES! CE N'EST PAS ÉCRIT SUR VOTRE FRONT APRÈS TOUT!
PAF! PAF! PAF!
BAF!
BIEN FAIT! ÇA TU L'AS CHERCHÉ EUGÈNE !!
KLOP!
ET VOILÀ, CE SOIR-LÀ, LEUR "RAVE PARTY" À LA SAUCE TECHNO N'A PAS EU LIEU. TOUT LE SPECTACLE S'EST PASSÉ DANS LA RUE, ET MOI J'AI CHOPÉ 6 JOURS DE MISE À PIED!
HI! HI! HI! HI! JE N'AI JAMAIS TANT RI !!
(183)

OUAIP! TOUT CELA À CAUSE DE CE… DE CE…
DE CE QUOI ?! ALLEZ, VAS-Y DIS-LE…
Hi!Hi! Hi!
STOP! ÇA SUFFIT, C'EST DU PASSÉ TOUT ÇA, VOUS ALLEZ FAIRE LA PAIX IMMÉDIATEMENT. SERREZ-VOUS LA MAIN!
ZOU!
BRAVO! ENFIN ON VA POUVOIR MANGER TRANQUILLEMENT! SERS LE POTAGE GÉDÉON…
… ET FAIS ATTENTION, IL EST BOUILLANT…
SLURP!
PSCHIII
OUAAAAH
DIS GÉDÉON, TU AURAIS PU FAIRE UN PEU ATTENTION!
AUSSI, QUELLE IDÉE DE METTRE SON POUCE DANS SON ASSIETTE!
CRAK!
GWXYKLW!
MA GUITARE!!
EHBÉ?
LÀ! QU'EST-CE QUE J'AVAIS DIT?!
DITES, ÇA VA ENCORE DURER LONGTEMPS?!
OUAIS!
OUAIS!
Jim
Achdé 95
184

RETOUR DE BASTON

Achdé 93